KB129844

참치캔 의족

정지윤

2016년 〈동아일보〉 신춘문예 시조 당선
2015년 〈경상일보〉 신춘문예 시 당선
2014년 《창비어린이》 신인문학상 동시 당선
천강문학상 수상, 경기문화재단 우수작가 선정
시조집 『참치캔 의족』
동시집 『어쩌면 정말 새일지도 몰라요』
jmk4033@naver.com

참치캔 의족

—

초판 1쇄 2020년 12월 31일
지은이 정지윤
펴낸이 김영재
펴낸곳 책만드는집

—

주소 서울 마포구 양화로3길 99, 4층(04022)
전화 3142-1585·6
팩스 336-8908
전자우편 chaekjip@naver.com
출판등록 1994년 1월 13일 제10-927호

* 이 책은 경기도, 경기문화재단의 지원을 받아 발간되었습니다.

—

ISBN 978-89-7944-750-7 (04810)
ISBN 978-89-7944-354-7 (세트)

책 만 드 는 집 시 인 선 163

참치캔 의족

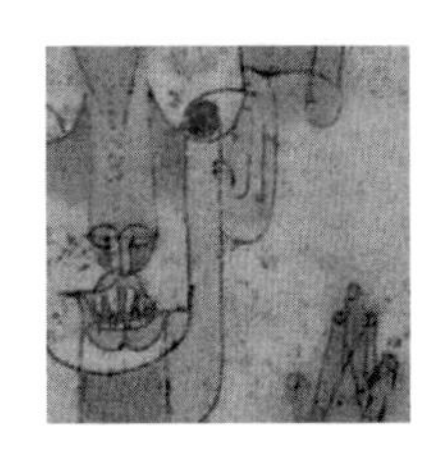

정지윤 시집

책만드는집

| 시인의 말 |

서로 등을 바라보는 저녁

마술사의 빈손에서 카드가
나타났다 사라졌다

의심하지 마
내 손에는 카드가 없어

모두들 확인하듯
주머니를 뒤적거린다

희망은 없는데
믿고 싶은 것들이 많아졌다

–2020년 겨울
정지윤

| 차례 |

1부 존재의 모든 순간들 발 저리도록 쿵쿵거린다

2부 이 거리 굼뜬 말들은 설 자리가 없다

3부 언제나 되돌아가는 길은 계절이 달랐다

4부 어디를 방황했을까 멀기만 한 내 노래는

1부

존재의 모든 순간들
발 저리도록 쿵쿵거린다

수많은 눈동자에서 너를 본다

꽃향기 드나들던
서쪽 창이 흔들린다

차 한 잔 식어가고
나비는 간데없이

우리는
서로의 빈 곳만
쳐다보고 있었다

낯선 길에서
–동백 생각

생각이 너무 많아
동백이 떨어진다

꽃들을 주워서
돌 위에 얹어놓는다

봄빛도
아득한 바닥
생각들이 시든다

핀 자리와 진 자리
다 어디로 갔는지

생각들이 어두워
색마저 버렸을까

더 이상
갈 곳 없는 길
새소리 타고 올라간다

크로노스Chronos

검은 숲 그림자가
날카롭게 출렁이면

청둥오리 눈꺼풀
파르르 떨려오고

바람이 물결 한 마리
잽싸게 낚아챈다

절벽의 수면 위에
깃털 몇 개 떠다니고

무심한 호숫가
아무 일 없다는 듯

난폭한 물푸레나무
잎사귀를 지운다

참치캔 의족

시리아 난민캠프, 8살 소녀 메르히는
참치캔 의족을 달고 해변을 걷는다

날이 선 지느러미를 단
파도들이 몰려온다

가만히 멈춰 선 채 섬이 된 소녀는
몰려다니는 물고기의 행로를 되새긴다

해체된 참치캔들이
떠다니는 바닷가

의족이 걸어가는 발자국 쓰라리다
파도에 다리들이 휩쓸려 오는 난민캠프

멈춰 선 소녀는 끝내
웃지도 울지도 않는다

구름은 모르핀을 닮았다

링거 방울 세다 보면
어느새 잠이 든다

예약된 안부들과 통증이 다녀가고

소리가 닿지 않아도
머물다 가는 눈빛들

구름이 모르핀처럼
커튼에 드리운다

사라짐에 전염되는 얼굴아 울지 마라

거울을 빠져나가는
구름들이 무겁다

어디를 다녀왔는지
충혈된 눈동자들

맨발로 달려가는 거울의 끝자락

얼굴을 잃어버린 뒤쪽
모르는 그 어디쯤

두루마리의 시간

얼룩진 흔적들을 깨끗이 닦기 위해
희미한 절취선 어디쯤 풀어내다
또다시 긴 졸음 속에
빠져드는 어머니

흐르는 강물처럼 풀린 생은 아니었으나
물굽이 굽이굽이 악몽과 싸워왔고
우리는 징검돌 밟아가며
진흙탕을 건너왔네

무수히 끊어졌을 휴지의 절취선 너머
오늘도 어김없는 생사 간의 강물 소리
기억은 입을 다물고
고요히 흘러가네

강물이 놓쳐버린 구름을 쫓아가듯

쓰라린 거스러미 손가락 밖에서
늦도록 늙은 몸 되감는
두루마리의 시간

투명한 그물

함께 출렁이고 싶어
바위에 앉아있다

누군가 갯벌에서
투망을 던지고 있다

물들이
서로 멀어지는
눈동자를 바라본다

맥문동꽃이 필 때

불꽃이 흔들렸나

청보랏빛 향긋하다

바닥을 뚫고 올라오는

푸르른 도화선들

뜨거운 생의 한순간

빗방울이 녹는다

틈

물이 새고 있다 빈틈없이 사는 줄 알았다

알고 보니 틈에 둥지를 틀고 나는 살고 있었다 틈 사이 봄을 놓쳐버리고 화초들을 말라가게 했다 틈이란 막다른 현실이 되면 더 커지거나 메워진다 또 한 방울의 물이 떨어지고 있다

존재의 모든 순간들
발 저리도록 쿵쿵거린다

햇살의 반대쪽

철없는 아이들은 달빛 따라 빙빙 돌고
어긋난 그림자에 장독들 출렁인다
뚜껑을 슬쩍 열어보면
미성숙한 시간들

발효와 부패는 그저 선택의 문제인지
된장국 아침 밥상 든든한 골목길에
무심히 안부를 전하듯
해바라기 피어있다

향기는 휘지 않는다

찬 바람을 건너온
새들이 꽃을 피운다

조금씩 한쪽으로 등이 휘는 가지들

그러나 사과꽃 향기
휘어지지 않는다

취한 듯 비틀대며
도망치는 그림자

빈 곳이 아득히 부풀어 오를 때마다

뜨겁게 당겨 안는다
떠나간 향기 돌아와

성냥 판타지

식어가는 눈빛에
다시 불을 붙여보네

희미한 바람에도 흔들리는 이름들

어둡고 어두울수록
환해지는 얼굴

단 한 번 가벼워서
위험한 불꽃들아

때로는 한순간의 사소한 사랑들이

끝끝내
돌이킬 수 없는
폐허를 몰고 오네

끈

4호선과 2호선이 만나는 사당역
계단을 내려가다 운동화 끈 풀렸다
가파른 계단 끝에서
늘어진 끈 묶는다

스쳐 간 수많은 길들을 떠올린다
누군가의 발길을 힐끔힐끔 넘겨보며
풀어진 내 신발 끈을
힘껏 조여 보는 시간

환승역에 이르러 풀린 끈을 고쳐 매듯
한 번쯤 내 운명을 바꾸고 싶어진다
끈들이 달려가는 미로 끝
앞뒤엔 문이 없다

날, 세우다

동대문 원단 상가 등이 굽은 한 노인
햇살의 모퉁이에 쪼그리고 앉아서
숫돌에 무뎌진 손가락 쉼 없이 갈고 있다

지난밤 팔지 못한 상자들 틈새에서
쓱쓱쓱 시퍼렇게 날이 서는 쇳소리
겨냥한 날의 반사가 주름진 눈을 찌른다

사방에서 날아오는 눈초리를 자르고
무뎌진 시간들을 자르는 가위의 날
꽉 다문 노인의 앞니가 조금씩 닳아간다

늘어진 얼굴에서 힘차게 외쳐대는
어허라 가위야, 골목이 팽팽해지고
칼칼한 쇳소리들이 아침 날을 세운다

계산기

한 시절 소중하게 쥐고 있던 계산기
먼지 낀 책상에서 허공을 세고 있다
한때는 억억거리며
목표들을 토해냈다

숫자로 살아가는 사무실 서류 사이
신들린 듯 계산하는 손가락 떨려오고
꾹 꾹 꾹 의미도 없이
숫자 점을 눌러본다

깜박이며 개미처럼 기어 나오는 수치들
C 웃고 다시 한번 AC 지워버린다
결국은 0으로 돌아가는
허무한 계산들

더하고 또 더하고 빼기는 잘 모르는

욕심이 곱해진 세월의 계산기

이제는 나누기만 남았는데

숫자로 들어찬 나

느린 시간이 지나간다

노인들 듬성듬성 벤치에 앉아있다

유모차 한 대가 천천히 지나가고 늘어선 플라타너스 가지 사이로 아이들이 공을 따라 몰려다닌다 비둘기들 건너편에서 날아와 광장을 뒤덮는다 주름진 시선들이 멍하니 그쪽을 보고 있다 유모차가 멀리 코너를 돌아 지워지고 문득, 어린아이의 웃음 하나 뛰쳐나온다 젊은 여인이 돌아앉아 젖을 물리고 있다 느슨해진 가슴 언저리

늘어져 허기진 오후가
팽팽하게 당겨진다

2부

이 거리 굶뜬 말들은
설 자리가 없다

나보다 더 오래 갇힌 나무 속 이름들

조각칼로 한 획 한 획 이름을 새겨간다
어느 날의 바람과 햇빛과 소나기
나무의 자궁 속에서 이름이 태어난다

가지가 뻗어 올라 단단한 뼈가 되고
잎사귀를 부풀려 근육을 만들어간다
이윽고 붉게 떠오른 한 사람의 아바타

첫 호흡 얻기까지 얼마나 두근거렸나
이름 없는 나무들 네 볼처럼 붉어지고
나보다 더 오래 갇힌 나무 속의 이름들

새벽의 수평선에 태어난 태양처럼
중요한 순간마다 나타나는 또 다른 나
나무 속 깊이 숨어있던 발자국을 새긴다

허공 환승역

계절을 지나가는 새들의 발자국이

눈부신 허공에 환승역을 만든다

철새가 밀려드는 길
출렁이며 퍼덕인다

발목을 적시며 걸어오는 소리들

어느새 바람은 푸른 잡담을 빠져나와

체온이 낮은 마을로
그리움을 옮긴다

컵들의 세계

노량진 컵밥집에 늘어선 줄이 길다
허기를 덜어주는 간편한 저녁의 컵
무거운 가방을 짊어진
오늘이 어두워진다

석양의 표정들이 덮밥에 얹혀있고
정해진 레시피에 입맛을 맞춰간다
컵 속에 담기어있을
소망들은 뜨겁다

전철은 채용공고처럼 반복해 흘러가고
우리는 큰 컵 속을 반복해 드나든다
반복이 반전이 되는
순간은 이제 없다

미궁

급해요, 빨리 와주세요!
파도치는 방파제

한 사내가 넋을 잃고
주저앉아 울고 있다

달려온 구조대들이
파도를 들춰냈다

끝끝내 아들은
미궁 속에 가라앉고

거액의 보험금을
대신 안고 사라진 사내

몇 달 뒤 PC방에서
아들이 걸어 나왔다

벚꽃 털리다

등굣길 아이들이
우르르 몰려간다

신상정보 털리듯
벚나무 다 털렸다

황당한
벚꽃과 나는
운동장을 슬쩍, 비켜 간다

깨지는 것은 즐거워

–고함의 병*

충혈된 꽃송이를 항아리에 꽂는다

아무도 귀를 열어주지 않을 때 마음껏 고함을 쳐봐 먹어버릴 거야 빈 병의 식도를 지나며 부드럽게 속삭이는 나는 뚫릴 듯 소리치고 병 속에 들어간 말들이 쏟아져 나오면 향기가 나 하지만 속지 않을 거야

병 속을 빠져나오는
금이 간 웃음소리

* 고함 꽃병 : 스트레스 해소 꽃병. 큰 소리로 외치면 꽃병이 고함 소리를 흡수한 후, 부드럽고 작은 속삭임으로 바꾸어 반대편 구멍으로 내보낸다.

몰래카메라

무엇을 먹고 살까

한순간 벌어진 틈

보이지 않는 거처는
은밀한 바람 속

우리는
그 밑을 지나가며
끝끝내 다 털린다

하늘소 독서실

창백한 조명 아래 듬성듬성 붙어있다
책상을 끌어안고 숨소리 읽어간다

그 속에 넘어야 할 산들
차곡차곡 접혀있다

책갈피 사이사이 보리수 그늘 냄새
행간에 길이 있을까 활자를 따라간다

한곳에 오래 앉아서
굳어가는 등딱지

칸마다 구호들이 어둠을 견뎌간다
더듬이를 세우던 하늘소 무리들이

차가운 침낭 속에서

우화를 꿈꾼다

하늘이 보이지 않는 하늘소 독서실
수백 권 문제집을 몇 년째 갉아먹던

등 굽은 장수하늘소
어디론가 날아간다

해삼 같은 남자

쓸개도 간도 버린 듯 살아가는 한 남자
거리를 떠다니며 스낵카를 운전한다
떡볶이 일 인분 이천 원
어묵 한 개 오백 원

보지 않고 듣지 않고 살아가는 해삼처럼
내장을 다 빼내도 잘라내도 죽지 않고
죽어도 살아야 하는
해삼 같은, 그 남자

홈플러스 사거리

신호등 밑 공중전화 부스 트럭에 실려 간다

한 채의 집이 없어진 말들 안부보다 단순한 이별들 후미진 안쪽만 중얼거리던 잎새 몇이 당혹한 침묵에 빠진다 두툼한 전화번호부 곁을 통화 중인 발길들이 지나간다 노인은 아직도 그 자리를 서성거리고,

이 거리 굶뜬 말들은
설 자리가 없다

저격수들

인터넷 숲 사이를 미끄러지는 손가락들
엄지와 목소리가 따로따로 움직이며
은밀히 장전을 하는
저격수들 바쁘다

어둡고 날카로운 익명의 그림자들
위장한 날개 아래 숨어서 기다린다
모니터 아무도 없는
숲속에 포위된다

방심한 그림자들 순식간에 쓰러진다
그 많던 동지들은 어디로 가버렸나
햇살이 등을 돌리고
흔적들을 지운다

25시 편의점

진열된 컵라면의 삼 분은 지루하다
창문을 마주 보며 김밥을 씹을 때면
차가운 밥알이 하나둘
살아나, 눈물겹다

간편한 일회용품들 가차 없이 버려진다
헛배만 부른 날들 소화제가 필요한데
간판엔 하루살이들이
밤새도록 엉켜있다

구조조정

속 쓰린 나무들이 찬 바람 맞고 있다
가지마다 울컥울컥 잎들을 쏟아내고
계절이 토한 슬픔들 발길마다 밟힌다

아픔을 견디다가 비틀대는 가지들
출구를 찾지 못해 서로를 찔러댄다
어깨와 어깨 사이의 관계들이 위험하다

가을의 구조조정 해마다 거세지고
매서운 겨울 병동에 입원한 환자들
뼈아픈 동병상련에 내 링거를 꽂아준다

안전문

오늘도 징그럽게 바빴다 일당 팔만 원

연체된 다급함이 뒤를 쫓아온다 무조건 대출 광고들은 언제나 솔깃한데 내 일당은 순식간에 바람에 날려 간다 자꾸만 울려대는 보험 권유 문자에 쌍욕을 퍼붓다가 '기대지 마시오'를 '기대하지 마시오'로 고쳐 읽고 만다 기대를 하다 보면 끝내 울고 마는 것

급하게 필요한 것들은
언제나 통화 중이다

문고리들

언제나 서있는 곳
가파른 벼랑이다

밀거나 당기거나
중심을 지켜간다

문들은
나로 인하여
완성되는 존재들

내 몸을 통과해야
넘나드는 세계들

수많은 문을 열고
닫으며 늙어간다

내 안의

또 다른 나와

평생을 등 대고 산다

3부

언제나 되돌아가는 길은 계절이 달랐다

지금 하나의 문이 열리고

느리게 날아오는

나비들 낮아진다

날개가 밟고 가는

허공의 길 바라보면

얼마나 견고한 자물쇠에

잠겼는지 알게 된다

팽팽한 고요

소리를 제 몸속에 구겨 넣은 가야금 하나

벽에 걸려있다 벽은 소리로 가득 차 단단하다 움직이는 것만이 스스로 소리를 낼 수 있는 건 아니지 바람과 비벼지는 소리 끌어안으면서 꼭 그 깊이만큼 밀어내는 줄과 줄 사이는 팽팽하다 모서리를 빠져나와 어디론가 흘러간 물무늬 하나 소리를 따라 가만히 허리를 편다 열두 개의 발, 끊어진 가지 사이로 겨울을 건너는 소리들은 또 얼마나 단단해지려는지 휘돌아 가는 강물들

속으로 제 힘살을 감아
먼 곳을 당겨 온다

본다는 것

두 눈이 마주치는 세상은 흐릿하다
안경이 풀어놓은 시야는 분명한데
렌즈가 허락하는 초점
어디까지 믿을까

너무나 환해서 보지 못한 내 속의 눈
안경을 벗고 나서 자유를 되찾았다
하지만 그 자리에서 나는
한 걸음도 못 가고

떫은 하루

함부로 은행알을 떨어뜨린 죄책감에
참회하는 자세로 서있는 나무들
둥지에 작은 새들이 숨죽여 떨고 있다

아파트 시세가 떨어지면 불안해
아이들이 까치발로 복도를 지나간다
화단에 몰래 입주한 풀들이 뽑혀있다

긴장

X-ray에도 MRI에도

보이지 않는 장기

긴장의 길이와

무게는 얼마일까

팽팽한

생활의 끈이
풀려버린

노숙인

소문 속에는 가시들이 자란다

무성한 소문 속에
가시들이 자란다

함부로 담을 넘고 향기를 왜곡한다

은밀한 구름의 행로에
수군대는 그림자들

반대편의 철길을
뚫고 오는 천둥소리

지금 막 도착한 소문들이 찔린다

언제나 되돌아가는 길은
계절이 달랐다

새벽 인력시장

바위를 만나면 바위에 살아가고

파도를 만나면 파도에 살아가는

갈라진 문명 같은 섬

출렁이는

갈라파고스

오늘은 또 오늘만큼 되돌아가

어둠은 어디에서
태어나 오는 걸까

한순간 지저귀던 새들이 사라진다

저 너머 숨죽인 그림자들
어디론가 빨려가고

숲속의 요양원이
서늘하게 굳어간다

그 많던 기억들을 어디에 심었는지

어두운 시간의 벽에서
곰팡이 피어나고

당신은 누구신지
오늘이 며칠인지

오늘은 또 오늘만큼 낯설게 되돌아가

어둠을 수선하느라
밤을 새우는 기억의 숲

3개월 남았습니다

말해 뭐 해, 구름이 슬쩍
그믐달을 가린다

정리할 비자금이
있는 것도 아닐 테고

혈액암,
숨겨져 있는
말들이 창백하다

자서전 남기는 게
평생의 소원이라는데

모르는 게 약이라고
다들 고개를 끄덕인다

3개월,

당신은 어떤 삶을

수혈받고 싶을까

눈빛 유언

보증금 삼천만 원 보조비 팔십만 원
전 재산 기부하는 유언이 조용하다
눈빛에 담긴 유산들이 깜박이는 중환자실

리어카에 실어 나른 수많은 새벽들과
독거의 반지하로 뛰어든 고양이 울음
빈 병이 많이 나오는 뒷골목의 풍경들…

기부하는 유언장에 눈도장을 찍는다
호흡기 뗀 입가에 미소만 남겨두고
평생을 쥐고 살았던 고단한 손을 편다

저곳 아파트

한순간 멈춰버렸다 바닥을 닦던 시간

이편한세상 모델하우스 청소부 김씨 할머니 '내 나이가 어때서' 노래를 부르며 바닥을 자기 집 안방처럼 닦았다 칠십 평생 단칸방 전전하던 청약통장 이제는 어디에 쓸까

한평생 소원하던 아파트
죽어서야 왔다 추모의 집 511호

그 자리

빛나던 길들이 모래 기슭으로 흩어지고

지평선 인대가 늘어나는 저물녘

낙타들 방울 소리만 동쪽으로 돌아간다

연애, 그 조금 너머에

거울 속 속눈썹이 파르르 떨려오고
새로 산 원피스가 바람에 흔들린다
안과 밖 우리는 어디에
서있는 것일까

고양이 한 마리가 12시를 넘어간다
정각을 약속했지만 눈빛은 조금 너머
사랑은 시침을 떼고
초조를 즐긴다

연애의 시간은 정각이 아니다
약속은 무겁고 시계는 두근거려
마음이 건너가는 오 분
정각을 사이에 두고

뿌리 없는 중심

그 집의 중심은 오래된 꽃병이다
네 개의 다리들이 꼿꼿하게 서있다
계절이 목이 긴 병에
잠시 머물다 간다

한 사람이 흔들렸을 때 꽃병도 흔들렸다
꽃병은 시든 꽃을 한 달째 물고 있었고
식탁이 가장의 부재를
말해주고 있었다

꽃이 피는 배경에는 네 개의 중심이 있다
뿌리가 없는 저 중심들 상처만 피어있고
목마른 붉은 침묵들
거실을 배회한다

인체통신

세상의 전파들이 나에게 달려든다

나는 디지털신호로 변환된다 빈틈없는 회로들이 수시로 나를 점검하고 새롭게 부팅한다 내 몸이 비밀번호다 거짓말탐지기 같은 것 달지 않아도 누구나 내 앞에선 진실만을 말할 것이다

내 몸도 ON/OFF 되는 세상
불리하면 OFF다

4부

어디를 방황했을까
멀기만 한 내 노래는

기타 등등

기타 업고 유모차를 밀고 가는 한 사내
뒤에서 칭얼칭얼 잠투정하는 나무들
오늘을 꽃피우기 위해 진땀 흘리는 11시

유모차 속 아이가 허공을 쥐었다 놓는다
바퀴들이 자지러진다 비둘기가 날아간다
달래도 우는 아이 곁 잡초들이 흔들린다

대책 없는 기타들은 언제쯤 울어볼까
울고 있는 것들과 울 수 없는 기타 사이
난감한 구름이 멈춘다 햇살은 당당하다

건너가도 좋습니다 빌딩이 깜빡인다
어디에도 속할 수 없는 거리의 기타 등등
선 밖을 벗어난 음표들 소리 없이 증발한다

안개 채널

소문에 중독된 입들
궁금증을 끓여댄다

당신만 알려줄게
먹음직스러운 의문들

입 없는
말들이 달려온다

없는 너를
삼키러

11월 침묵과 침묵 사이

소리를 품고 있는 오동나무 한 그루
망설이는 잎사귀를 조용히 밀어낸다
아직도 작은 새들은 둥지에 남아있을까

가지가 휘어져도 침묵들 단단해지고
나무들의 수행에 무릎을 꿇는 저녁
한소식 들려주듯이 산비둘기 울었다

손안의 새

낮은 곳 깃든 새는 낮은 날 노래하고
높고 깊은 안쪽에 스며든 날개들은
연둣빛 먼 날을 노래하며
나타났다 사라진다

새들이 물어 오는 검붉고 푸른 날에
서글픈 인동초꽃 향기가 묻어있고
둥지 속 어린 새들의
뜨거운 노래들

겨울 가고 봄 오는 일 깃털처럼 가벼워
낮은 하늘 향하여 가벼운 노래 펼치니
손안의 깊은 날들은
눈을 감지 않는다

허 허

해솔길 끝자락은
돈암에서 쉬어 간다

갯벌 마당에 파도 소리 뛰어든다

밀물이
안개를 데려와
배경을 지우는 곳

깨달음의 집이라며
스님이 들어서고

재물이 들어올 거라 이웃들 덕담할 때

주인은
허허 웃는다
삼겹살이나 드시라고

히든싱어

파르르 물소리들
누웠다 일어선다

산 아래 연기들이
물빛에 젖어갈 때

한 떼의
가창오리를
뱉어내는 저수지

가까운 능선에서
희미한 능선까지

중저음 노래들이
끌어당기는 저녁

무명의

갈대와 새들

목소리가 잠긴다

마애종

가파른 암석 위에 새겨놓은 마애종
동자승 당목 쥐고 살며시 미소 짓고
소나무 벼랑 위에서
가만히 귀 기울이네

정성을 다하여 마음으로 치던 종
천 년 전 누군가도 저 종을 쳤으리라
해묵은 기도와 소원들
산 그림자 울리네

오래된 마애종이 귀하게 갇혀있네
바위를 가둬버린 화려한 전각 속
희미한 종소리들이
절벽이 되고 있네

오리무중

하루에도 몇 군데씩 일자리 찾아다닌다

발 디딜 곳 없다 세상은 수심이 너무 깊어 발이 닿지 않았다 자꾸만 입이 튀어나오고 거친 목소리로 누군가를 쪼아댄다 하루 종일 머리를 조아려야 간신히 밥을 먹을 수 있다 발이 퉁퉁 부르텄다 뒤뚱뒤뚱 걷는 뒷모습 오늘도 얼마나 파닥였을까 축 처진 날갯죽지 몇 년째 그의 삶은 오리무중 짧은 다리로는 넘을 수 없는 높은 벽들, 깃털처럼 날린 이력서들 출렁이는 도시의 물결이 수면 바깥으로 자꾸만 그를 밀어낸다 맘껏 헤엄칠 수 있는 곳은 어디에 있는지

오늘도 대책 없는 그
구인광고에 목을 맨다

노선

민들레 샛노랗게 흔들리는 중앙분리대

이쪽과 저쪽에 끼어 오도 가도 못한다

저 꽃들 홀로 남아서 다른 옷을 찾는다

난, 어디로

여의도 빌딩 벽에 기대선 풍경 한 점
빛바랜 그림 속에 향기들 숨 막힌다
모든 것 보고 있지만
침묵 중인 벚나무

한 마리 호랑나비 밖을 향해 날갯짓하고
고고한 사군자들 그쪽으로 휘어진다
족자가 쳐내는 가지
난 어디로 휘어질까

조율

비좁은 골방들이 어깨를 맞댄 골목
실바람 읽어가며 소리를 깎아낸다
조율사 하모니카처럼 갇혀서 살아간다

방언들은 모로 선 채 어깨를 다듬는다
흐르는 발음들이 제자리 찾아갈 때
한순간 달려 나오는 불협화음에 잡힌다

거칠고 어긋난 곳 어루만지는 손가락들
고요의 방 속에서 소리들이 조여질 때
누군가 보이지 않게 내 마음을 조율한다

봄 그리다

나무의 그림자가 한 칸 더 두꺼워지면
가지의 여백들은 조금씩 사라지고
한동안 햇살 한 조각
꼭 쥐고서 견딘다

꽃들의 사거리에 흐릿한 이정표들
이력서 사진마다 낯선 표정 낡아간다
언제쯤 재생할 수 있을까
인고의 시간들

고시원 책갈피에 눌려있는 꽃들 사이
죽은 듯 웅크린 채 비상을 기다린다
겨울을 통과하고서야
날아갈, 나비들

연기하다

12월 대출 만기 통보서가 도착했다

나는 그의 빠른 발걸음을 따라갈 수 없다 전생에 나는 어떤 빚으로 존재했을까 이 한 생으로는 도저히 갚을 수 없는 이자들은 쌓이고 쌓여 어디로 가나 나에게 빚은 힘이었다 연기된 시간들 지독한 사랑도 끊을 수 없는 욕망도 벗어날 수 없는 고리高利의 이자였다

죽어도 다 갚지 못할 이자들 환하게 피어있다

여기 없지만

나뭇잎 떨어지니
내리막길 훤하네

내려가는 시간엔
가속도 붙었는데

어디를 방황했을까

멀기만 한
내 노래는

| 해설 |

모르는 어디쯤의 노래를 찾아

정수자 시인·문학박사

시는 어디서 오는가. 영감은 또 언제 치는가. "모르는 그 어디쯤". 영감이 쳐도 때로는 시를 놓친다. 시적 상태가 아닌 탓이다. 그럴 때 장르를 오가면 쓰기가 더 수월할까. 시상 앉히기가 긴 입장에서 고루 쓰는 쪽을 탐해본다.

정지윤 시인은 시조·시·동시를 같이 쓴다. 2014년 창비어린이 신인문학상 수상, 2015년 〈경상일보〉 신춘문예 시 당선, 2016년 〈동아일보〉 신춘문예 시조 당선으로 고루 쓰는 입장이다. 셋이 다 '운문'에 들지만 다른 영역으로 치는 현 문단에서는 장르 넘나들기 쓰기를 하는 셈이다. 등단 후 첫 동시집 『어쩌면 정말 새일지도 몰라요』(창비, 2019)를 냈고, 시조도 첫 출간을 하니 영역에 상관없이 활발한 창작 중이다.

그래서 양식 사이를 더 트거나 넓히거나, 장르 간의 구사력도 남다를 법하다. 『참치캔 의족』에는 그런 추구의 폭을 정형시의 균제미에 담아내려 공들인 흔적이 역력하다. 정형시에는 그만큼 압축과 절제와 조율의 만만치 않은 줄타기 묘기가 쟁여있다. 자칫하면 줄(형식)이 늘어지고, 너무 당기면 끊어지기 때문이다. 그런 특성을 시인의 방식으로 구조화하며 시상의 정제와 분출을 '평시조/사설시조'로 넘어 오늘의 삶에 육박하는 행보가 『참치캔 의족』에 실려있다. 현실 속의 다양한 그늘을 주시하며 대상에 따른 언술과 기법으로 새로운 영역을 열어가는 것이다.

*

정지윤 시인이 먼저 읽고 쓰려는 것은 소외와 차별로 얼룩진 삶의 변방이다. 세상의 그늘로 향하는 시선을 견지하며 거기서 길어낸 삶의 문제들을 그리는 것이다. 사회적 그늘에 주목한 쓰기는 반성을 동반하는 문제 제기와 연민 등으로 시집 곳곳에 나타난다. 시인이라면 응당 가질 만한 사회의식이고 현실 인식이자 비판적 쓰기의 방향이겠다. 어둡고 후미진 곳을 더 짚어가는 시적 태도는 작금의 현실에 육박하는 언술로 구체화된다.

이러한 시적 관심과 사회적 인식을 압축한 시조로 「새벽 인력시장」이 있다.

> 바위를 만나면 바위에 살아가고
>
> 파도를 만나면 파도에 살아가는
>
> 갈라진 문명 같은 섬
>
> 출렁이는
>
> 갈라파고스
>
> –「새벽 인력시장」 전문

오늘의 현실을 바라보는 시인의 시선과 시적 방향을 담보하는 작품이다. 자본주의사회의 한 밑바닥을 보여주는 "새벽 인력시장". 하루치 일당을 받고자 자신을 내어놓는 그야말로 '인력'을 사고파는 시장이다. 어떤 노동

이고 고용조건이든, 오직 뽑혀 현장에 나가기만 기다리는 나날은 처절하다. 이러한 인력시장의 모습을 시인은 적나라한 묘사 대신 비유로 압축한다. "바위를 만나면 바위에 살아가고// 파도를 만나면 파도에 살아가는" 일상. 체념에 찌든 수용 같지만 그럴 수밖에 없는 입장들의 대변이다. 여기서 "바위"와 "파도"에 붙인 "에"라는 조사가 주목되는데, 울림을 달리 만들기 때문이다. 시련의 비유로 흔히 쓰여온 "바위"와 "파도"를 마구 맞으면서도 그것들"에" 기대어 살게 되고, 또 거기서 살아가는 힘을 얻기도 하는 삶의 역설을 깨우기 때문이다.

시인은 이러한 현실을 "갈라파고스"로 수렴하며 시적 효과를 극대화한다. "갈라진 문명 같은 섬"으로 나날을 넘어야 하는 현실 때문이다. 더 먹먹한 것은 갈라파고스 땅거북의 등딱지 모양에 빗댄 인력시장 사람들의 모습이다('갈라파고'는 '안장'을 뜻하는 옛 스페인어로 갈라파고스섬도 땅거북에서 유래함). 시인이 굳이 남미 어느 섬의 땅거북 등딱지에 비유한 것은 인력시장 잔등들에 웅크린 슬픔 때문일 것이다. 먼 섬의 비유는 또한 세계 어디든 하루치 고용이 절실한 새벽의 검은 그림자들이 있다는 현실을 일깨운다.

인력시장처럼 자본주의사회는 쓸모에 따라 값이 매겨지고 급이 매겨진다. 날마다 우리 혼을 흔드는 신상품의 등장과 퇴장도 쓸모를 어김없이 따르는 자본의 증좌다. 소위 명품은 이름(브랜드)값을 친다지만, 생활용품은 효용가치에 좌우되니 말이다. 이러한 현상을 시인은 「홈플러스 사거리」에서 적실히 보여준다.

> 신호등 밑 공중전화 부스 트럭에 실려 간다
>
> 한 채의 집이 없어진 말들 안부보다 단순한 이별들 후미진 안쪽만 중얼거리던 잎새 몇이 당혹한 침묵에 빠진다 두툼한 전화번호부 곁을 통화 중인 발길들이 지나간다 노인은 아직도 그 자리를 서성거리고,
>
> 이 거리 굼뜬 말들은
> 설 자리가 없다
> –「홈플러스 사거리」 전문

홈플러스Homeplus는 '+'가 인상적인 대형마트의 한 표상이다. 자본주의의 한 전형인 대형할인마트는 1993년

이마트를 비롯해 1997년 홈플러스 개점으로 이어졌는데, 시인은 그 "홈플러스 사거리"의 "공중전화 부스"가 사라지는 현실을 들여다본다. 쓸모를 다한 "공중전화 부스"는 쓰레기처럼 "트럭에 실려" 가서 폐기될 것이다. 시인이 "한 채의 집이 없어진 말들"로 압축한 부스마다 얼마나 많은 말과 사연이 쌓였을 것인가. 그런 심경과 상관없이 "두툼한 전화번호부 곁을 통화 중인 발길들이 지나"가는 모습은 아이러니한 압축이다. "트럭에 실려" 가는 공중전화 부스와 무심한 행인의 "통화 중" 병치가 극적 효과를 촉발하는 것이다.

공중전화는 휴대전화 출시 즉시 퇴출이 뻔한 처지였다. 그래도 집 앞이나 거리의 부스에 쌓인 시간과 추억을 돌아보면, 사라지는 것에 대한 안타까움이 짚인다. 1990년대 초 핸드폰의 획기적 등장에 환호했으니, 짧은 기간 안에 공중전화도 유물로 치워지는 것이다. 전화뿐이랴, 카메라도 음반도 눈 깜짝할 사이에 새것이 묵은 것을 갈아치웠다. 이렇듯 급격한 변화 앞에서 시인은 "굼뜬 말들은/ 설 자리가 없다"고 탄식한다. 모두가 빠름을 찾고 더 빠름을 구하는 판이니 "굼뜬 말들"의 배제는 물론 "설 자리"조차 없어지는 것이다. 이런 현실에 대한 성찰이 묵직

한 울림을 남긴다.

현 사회를 향한 비판적 시각은 「안전문」에서도 선명하게 나타난다.

> 오늘도 징그럽게 바빴다 일당 팔만 원
>
> 연체된 다급함이 뒤를 쫓아온다 무조건 대출 광고들은 언제나 솔깃한데 내 일당은 순식간에 바람에 날려 간다 자꾸만 울려대는 보험 권유 문자에 쌍욕을 퍼붓다가 '기대지 마시오'를 '기대하지 마시오'로 고쳐 읽고 만다 기대를 하다 보면 끝내 울고 마는 것
>
> 급하게 필요한 것들은
> 언제나 통화 중이다
> –「안전문」 전문

"일당 팔만 원"의 일용직 나날은 "안전"을 장담할 수 없는 불안의 연속이다. 그래서 "연체된 다급함이 뒤를 쫓아온다"는 의도적 배치 속의 위기감도 낯익다. 잠시 눈길이 가는 "무조건 대출 광고들" 또한 위험한 권고임을 잘 안

다. 그래서 “보험 권유 문자에 쌍욕을 퍼붓다가 ‘기대지 마시오’를 ‘기대하지 마시오’로 고쳐 읽고 만다”는 화자의 각박한 심정은 동조를 부른다. 여기서 눈여겨볼 것은 시인이 도입한 “하”라는 글자의 힘이다. 다만 한 글자의 추가로 완전히 다른 뜻의 문구를 만들며 전복의 묘미를 빚어내기 때문이다. 두 단어 ‘기대다/기대하다’는 전혀 다르면서 비슷한 면도 지니는데, 이를 의도적으로 비틀고 뒤집어 큰 파장을 일으킨다. 의지하는 뜻의 “기대지 마시오”를 바라는 뜻의 “기대하지 마시오”로 전도顚倒한 문구는 뼈아픈 경고가 되며 씁쓸한 웃음을 물리는 것이다.

이렇듯 언어유희pun는 아이러니의 한 변형으로 새로운 효과를 낳는다. ‘단순한 말장난으로 끝나는 게 아니라 풍부한 기지와 날카로운 어조로 풍자의 형식’이 되는데, 이런 비틀기 역시 풍자 효과를 극대화한다. 그런데 웃을 수만은 없는 현실이니 “기대를 하다 보면 끝내 울고 마는” 경험의 소산 때문이다. 숱한 기대와 좌절이 자조 어린 피로감과 무력감으로 귀결되었던 것이다. 게다가 “급하게 필요한 것들은/ 언제나 통화 중”이라니! 무릎이 꺾이는 상황을 시인은 풍자와 역설로 적실하게 엮어낸다. 도처에 적어놓은 “안전문”은 그저 문자일 뿐, 현실의 안전문은 아니더라는 전언에 오늘날도 종종 터지는 '안전'의 문제마저 환기하는 것이다. 여기에 겹쳐지는 하청업체나 비정규직 노동자들의 비극적 죽음들 또한 우리 사회 '안전'을 되짚게 한다.

하지만 정규직들도 안전하지 않은 나날을 버티거나 견디는 경우가 많다. 이제는 일상처럼 된 구조조정 속에서 가을나무와 다름없는 입장이 많기 때문이다. "어깨와 어깨 사이의 관계들이 위험하"게 되고, 나아가 "가을의 구조조정(도) 해마다 거세"(「구조조정」)게 몰아치는 것이다. 와중에도 "구인광고에 목을"(「오리무중」) 매는 사람은 늘어간다. 시인은 이런 문제적 현실을 통과하며 삶의 크고 작은 균열들을 묘파해 낸다. 마치 "존재의 모든 순간들/발 저리도록 쿵쿵거"(「틈」)리는 파괴자들을 집어내 알리려는 듯.

*

정지윤 시인은 '지금, 여기'의 사람살이를 바탕 삼는 시적 발화를 꿈꾼다. 시조라면 '음풍농월吟風弄月' 운운해 온 일부의 편견을 전복하는 오늘의 시조를 추구하는 것이다. 돌아보면, 고시조에도 삶에 대한 노래가 더 많았는데

음풍농월로 쉬 재단한 선입견이 오랫동안 작용했다. 현실(비판)적인 시조보다 당시의 가치관을 미학적으로 담아낸 시조가 더 많이 전해진 까닭도 클 것이다. 하지만 시조의 또 다른 이름이 금조今調였다는 것은 오늘의 시조에도 환기하는 바가 크다.

시인도 지금의 현실과 인식 그리고 서정으로 열어갈 현대시조의 미적 구조화를 모색한다. 오늘날의 세계가 직면한 현실과 그 안팎의 땀내 밴 육성에 더 집중하는 것이다. 그중에도 「참치캔 의족」은 지구의 다른 쪽으로까지 뻗어가는 시선의 넓이와 깊이를 담고 있다.

시리아 난민캠프, 8살 소녀 메르히는
참치캔 의족을 달고 해변을 걷는다

날이 선 지느러미를 단
파도들이 몰려온다

가만히 멈춰 선 채 섬이 된 소녀는
몰려다니는 물고기의 행로를 되새긴다

해체된 참치캔들이
떠다니는 바닷가

의족이 걸어가는 발자국 쓰라리다
파도에 다리들이 휩쓸려 오는 난민캠프

멈춰 선 소녀는 끝내
웃지도 울지도 않는다
―「참치캔 의족」 전문

「참치캔 의족」은 "시리아 난민캠프"의 한 축도縮圖다. 난민이 처한 현실은 어제오늘의 일이 아니지만, "8살 소녀 메르히"의 호명으로 강렬하게 부각된다. 그 장면을 보지 않았어도 참혹한 현장을 같이 보는 듯한 실감을 생생히 전하는 것이다. 위태롭게 걷는 의족 소녀에게는 파도조차 "날이 선 지느러미"를 달고 온다. 이는 전쟁이든 환경오염이든, 파괴가 일상화된 현실의 고통스러운 연속에 기인한다. 그 무엇에도 기댈 수 없는 소녀의 입장에서는 "참치캔" 의족이라도 작은 위안일 수 있다. 하지만 "참치캔"을 "의족"으로 쓰다니, 오염과 파괴가 얼마나 지속적

인지 보여주는 사례다. 게다가 전쟁에 가장 위험하게 노출되는 게 아이들이고 그중에도 여자인데, "8살 소녀"의 상황은 뻔하다. 자칫하면 인신매매단에 끌려가 일생의 고초를 겪는 또래 소녀들이 아직도 많으니 말이다. 시인은 거기까지 나가지 않았지만, "웃지도 울지도 않는" 의족 소녀의 위태로운 걸음으로 황폐해진 세상을 고발한다.

얼룩진 흔적들을 깨끗이 닦기 위해
희미한 절취선 어디쯤 풀어내다
또다시 긴 졸음 속에
빠져드는 어머니

흐르는 강물처럼 풀린 생은 아니었으나
물굽이 굽이굽이 악몽과 싸워왔고
우리는 징검돌 밟아가며
진흙탕을 건너왔네

무수히 끊어졌을 휴지의 절취선 너머
오늘도 어김없는 생사 간의 강물 소리
기억은 입을 다물고

고요히 흘러가네

강물이 놓쳐버린 구름을 쫓아가듯
쓰라린 거스러미 손가락 밖에서
늦도록 늙은 몸 되감는
두루마리의 시간
–「두루마리의 시간」 전문

「두루마리의 시간」은 "긴 졸음 속에/ 빠져드는 어머니"에 대한 헌사獻詞를 담고 있다. 「참치캔 의족」이 여성(소녀)의 전쟁 상흔을 다룬 것이라면, 이 작품은 삶이라는 긴 여정의 마지막에 다다른 여성의 삶을 다룬다. 삶 자체가 "굽이굽이 악몽과 싸워"온 전쟁이나 진배없었으니 그 세월을 다 건너 이제 마무리를 지어야 하는 것이다. 시인이 이를 "두루마리의 시간"으로 읽은 것은 여러 의미를 갖는다. "얼룩진 흔적들을 깨끗이 닦"는 것도 어머니의 일이었지만, "무수히 끊어졌을" 삶의 어느 지점을 잇는 것도 어머니의 역할이니 말이다. 그렇게 자녀들이 "진흙탕을 건너"도록 역할을 다하고 나면 간신히 "늦도록 늙은 몸 되감는/ 두루마리의 시간"이나 반복하는 일생인 것이다. 여기서 또 짚어볼 것은 "두루마리"가 상처를 싸매는 붕대와 유사하다는 점이다. 희고 긴 몸을 풀어서 닦거나 감싸거나 낫게 하는 일, 그게 곧 세상을 지켜온 모성의 오랜 힘이었으니 말이다.

이 외에도 여성의 삶이나 역할 혹은 연민의 연대가 엿보이는 작품도 간간이 나타난다. "시든 꽃을 한 달째 물"고 있으며 "가장의 부재를/ 말해주"는 "식탁"(「뿌리 없는 중심」)이 그러하다. 그리고 "바닥을 자기 집 안방처럼 닦"아도 "칠십 평생 단칸방"이던 "청소부 김씨 할머니"가 "죽어서야" 들게 된 아파트 "추모의 집 511호"(「저곳 아파트」)를 통해 하층 여성의 삶을 아프게 일깨운다. 가장의 부재나 죽을 때까지 청소 일을 하는 등 힘든 일생의 형상화로 오늘날의 바닥을 살피는 것이다.

*

시시각각 변하는 이즈음의 초스피드 속에서 살아남으려면 어찌해야 할까. 가끔 거대한 소용돌이에 빠진 것처럼 모골이 송연할 때가 있다. 자칫 가속加速의 변화에 밀려나 가만히 있는 그대로 퇴보하는 게 아닌지 조바심이 들 때도 있다. 특히 새로운 기기의 출현이나 문화현상 같은 것들을 보면 뒤처진 정도를 넘어 뒷방지기의 위기감으로 번진다. 급변의 뒷줄에서 허둥대는 느낌은 환승역에서 더 많이 착잡하게 교차한다. 거기에 뛰듯이 걷는 저 많은 사람들은 무엇을 향해 어디로 끝없이 달려가는지, 환승의 어지러움에 붙잡히곤 한다.

정지윤 시인도 환승역 소회가 남달랐던지, 환승의 의미를 되짚고 있다.

> 환승역에 이르러 풀린 끈을 고쳐 매듯
> 한 번쯤 내 운명을 바꾸고 싶어진다
> 끈들이 달려가는 미로 끝
> 앞뒤엔 문이 없다
> –「끈」 부분

어쩌다 "환승역에 이르러" 운동화 끈이 풀렸던 경험의 구조화다. 설정이라도 상관없는 일로 환승의 의미가 넓어지는데, 이는 "풀린 끈을 고쳐 매듯" 바꾸고 싶은 마음의 환기에서 비롯된다. 운동화 끈이 풀려 도중에 끈 고쳐 맬 기회를 찾은 게 하필 "환승역"이었다면 여러 생각의 환승이 일어날 수 있다. 자신을 비추는 거울처럼 돌아보던

화자가 집어낸 하나는 "한 번쯤 내 운명을 바꾸고 싶"다는 욕망이다. 그의 고백처럼 우리 또한 현재의 노선을 갈아타고 싶었던 때가 한두 번 아니다. 하지만 "끈들이 달려가는 미로 끝" 저 어딘가도 그런 문이 없다는 냉정한 현실이 기다릴 뿐이다. "앞뒤엔 문이 없다"는 단언처럼, 소망은 단념으로 바로 닫히기 일쑤다. 그럼에도 "운명을 바꾸고 싶"은 잠시의 욕구가 상상을 추동하고 시적 바람을 견인한다. 환승에 담긴 겹의 의미와 이미지의 파문이 시적 환승을 심화하는 격이다.

「허공 환승역」은 환승의 의미를 톺아보게 하는 또 다른 작품이다.

계절을 지나가는 새들의 발자국이

눈부신 허공에 환승역을 만든다

철새가 밀려드는 길
출렁이며 퍼덕인다

발목을 적시며 걸어오는 소리들

어느새 바람은 푸른 잡담을 빠져나와

체온이 낮은 마을로
그리움을 옮긴다
-「허공 환승역」 전문

"허공에 환승역을 만든다"니! 이 한 줄만도 눈부신 시적 비약이다. 철새들이 지나가는 하늘에 발자국이 남았을 리 없는데 역을 만든다는 것이다. 이렇듯 시인은 안 보이는 것을 보는 그야말로 견자見者라니, 허공을 가르는 새들의 작은 발자국도 보이는 게다. 그런 발자국들이 모이고 흩어지며 "허공에 환승역을" 짓는다는 발견과 발상은 볼수록 놀랍다. 그런데 그 소리가 아름답지만은 않으니 "발목을 적시며 걸어오는 소리들"의 고된 여정이 느껴지기 때문이다. 하긴 드넓은 허공을 지나는데 새라고 발목이 젖지 않을 수 있겠는가. 여기서 눈의 발견만 아니라 귀의 경청도 시인의 중요한 노릇임을 이르는데, 시인이 새삼 길어낸 새 발자국과 소리들의 채록인 까닭이다. 물론 모래밭 기러기 발자국의 형상화인 '평사낙안平沙落雁'이 있었고, 상투로 널리 쓰여 관습적 표현이 됐다. 그와 달리 현대문명의 한 첨단인 '환승'에 빗대는 표현은 빼어난 접맥이 아닐 수 없다. 그리고 "체온이 낮은 마을로/ 그리움을 옮긴다"는 맺음도 시인이 짚어가려는 '햇살의 반대쪽'을 향한 울림을 나직이 남긴다.

*

허공에 새로운 역을 구상한 시인답게 정지윤 시인은 노마드족nomad族의 일원이다. 여행을 많이 하고 훌쩍 떠나기를 즐긴다는 점에서는 앞에 들 것이다. 별 어려움 없이 설렁 떠났다 돌아오는 모습으로는 방랑자에 더 가까운 이미지도 있다. 그것은 아마 모르핀을 닮은 구름을 따르는 탓이 아닐지. 구름에서 모르핀을 보는 것도 유목인다운 상상력의 소산이다.

어디를 다녀왔는지
충혈된 눈동자들

맨발로 달려가는 거울의 끝자락

얼굴을 잃어버린 뒤쪽
모르는 그 어디쯤
–「구름은 모르핀을 닮았다」 부분

모르핀은 통증을 없애주고 깊은 잠에 빠지게 하며 천연 물질 중 진통 작용이 가장 강한 치료제다. '모르핀' 하면 아편부터 떠오르는데, 모르핀을 아편에서 추출한 까닭이겠다. "어디를 다녀왔는지/ 충혈된 눈동자들"이라는 대목에서도 대뜸 아편과 관련된 여러 장면들이 연상된다. 그런데 단순히 아편만은 아닌 무엇엔가 홀린 자의 방랑 같은 것도 환기한다. 이는 "맨발로 달려가는" 모습의 묘사나 왠지 "거울의 끝자락"에 닿은 듯한 연상에서도 연유한다. 두 구절 모두 방황으로 내닫는 질주나 환각의 끝에서 거울을 마주하는 암시로 보이기 때문이다. 여기에 "얼굴을 잃어버린 뒤쪽"이나 "모르는 그 어디쯤"으로 맺는 종장은 더 환각적이고 몽롱한 분위기를 만든다.

그런데 이 작품을 앞으로 되돌려 보면 다른 장면, 즉 "통증"이라는 전제가 있다. "링거 방울 세다 보면/ 어느새 잠이 든다// 예약된 안부들과 통증이 다녀가고// 소리가 닿지 않아도/ 머물다 가는 눈빛들"은 병원에서 바라보는 구름이고, 둘째 수 "구름이 모르핀처럼/ 커튼에 드리운다// 사라짐에 전염되는 얼굴아 울지 마라// 거울을 빠져나가는/ 구름들이 무겁다"도 비슷한 상황의 형상화다. "링거"를 맞는 화자가 "구름"을 바라보며 뭔가 동경하는가 싶었던 장면이 실은 치료의 몽롱한 시간을 거치는 중이었던 게다. 그렇긴 하지만 위에서 읽은 셋째 수의 이미지는 따로 떼어도 좋을 만큼 환각 속의 자아 찾기 같은 아름다운 몽롱이 서려있다. 시조에 많지 않은 "모르는 그 어디쯤"에 대한 새로운 탐험이 기대되는 까닭이다.

다음의 「여기 없지만」도 "방황"의 추적이나 추구 같은 느낌을 불러낸다.

나뭇잎 떨어지니
내리막길 훤하네

내려가는 시간엔
가속도 붙었는데

어디를 방황했을까

멀기만 한

내 노래는

–「여기 없지만」 전문

잎이 지는 것은 가을의 당연한 과정이나 그것을 나무들의 '노래'라고 보면 사뭇 다른 느낌으로 깊어진다. "나뭇잎 떨어지"는 시절이면 "내려가는 시간"이고 거기에 "가속도"도 붙게 마련. 그런 내리막에 대한 인식은 곧 "내 노래"의 현주소를 다시 보고 짚는 성찰을 부른다. "어디를 방황했을까" 이 한 구절에 많은 시간이 담기니, "방황" 속의 풍경과 여정 그리고 회한 같은 것을 겹쳐 읽을 수 있기 때문이다. 그럼에도 여전히 "멀기만 한/ 내 노래는"이라고 되묻는 데서 또 간단치 않은 함축을 만난다. 과연 "내 노래는" 어디쯤에 자리를 잡(았)고, 또 어디서 새로 구해야 하는가.

*

정지윤 시인의 언술 중에는 톡톡 튀는 게 더러 있다. "연애의 시간은 정각이 아니다"(「연애, 그 조금 너머에」)라는 문장이 그러한데, 밀고 당기는 때의 "조금" 늦게 닿으려는

심리의 표정 같다. 시도 일종의 연애라면 당연히 정각이란 있을 수 없겠다. 오히려 "모르는 그 어디쯤"처럼, 아니 어쩌면 늦게 닿아 더 오랜 발효로 갈수록 좋지 않을까.

펼쳐볼수록 여운이 긴 시조도 있다. "난 어디로 휘어질까"(「난, 어디로」) 되뇌며 먼 데를 바라보는 듯한 그의 갸웃한 시구詩句처럼. 그래서 시인은 날마다 새날을 받아들어도 "어둠은 어디에서/ 태어나 오는 걸까"(「오늘은 또 오늘만큼 되돌아가」) 두리번거리며 어디쯤을 찾아 나서는지도 모른다. 그러다 "햇살 한 조각/ 꼭 쥐고서"(「봄 그리다」) 다시 피어날 봄을 그리며 주변을 낱낱이 살필 것이다. "지평선 인대가 늘어나는 저물녘"(「그 자리」)까지 마냥 바라보거나 들여다보거나, 어둠 속의 아픔들을 깊이 어루만질 것이다.

시조의 첫 묶음인 『참치캔 의족』에는 정지윤 시인의 신선한 발성과 묵직한 육성이 고루 담겨있다. 이제 우리가 시인의 눈길과 발길을 따라 세상의 곳곳을 거닐어볼 차례다. 반복되는 사회적 약자들의 문제에도 더 깊이 관심을 기울여볼 일이다. 그런 시집 속의 여정을 따르다 보면 절묘한 포착이나 표현의 성취에 기꺼이 고양될 것이다. 이후 더 새로운 인식과 감각의 시조로 나아가려니.